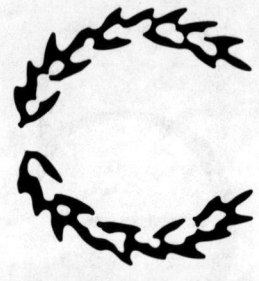

TRADUÇÃO E POSFÁCIO
DIEGO MOSCHKOVICH

A REVOLTA DOS BICHOS

MYKOLA KOSTOMÁROV

ERCOLANO

TÍTULO ORIGINAL *Skotskói bunt*

© Ercolano Editora, 2024
Esta publicação segue as normas do Acordo Ortográfico da
Língua Portuguesa, Decreto nº 6.583, de 29 de setembro de 2008.

DIREÇÃO EDITORIAL
Régis Mikail
Roberto Borges

PREPARAÇÃO DE TEXTO
Yuri Martins de Oliveira

REVISÃO DE TEXTO
Eduardo Valmobida

ILUSTRAÇÕES
Image of cattle-pigs, cows, sheep and horses. (Autoria desconhecida.) Detroit, 1891.

PROJETO GRÁFICO
Estúdio Margem

DIAGRAMAÇÃO
Joyce Kiesel

Todos os direitos reservados à Ercolano Editora Ltda. © 2024.
A reprodução não autorizada desta publicação, no todo ou em
parte, e em quaisquer meios impressos ou digitais, constitui
violação de direitos autorais (Lei nº 9.610/98).

AGRADECIMENTOS

Ale Lindenberg, Beatriz Reingenheim, Carolina Pio Pedro, Daniela Senador, Éditions Sillages, Eduardo Trevisan, Láiany Oliveira, Mariana Abreu, Mila Paes Leme Marques, Sintia Mattar, Verônica Veloso, Victória Pimentel, Vivian Tedeschi, Zilmara Pimentel.

SUMÁRIO

10   A REVOLTA DOS BICHOS, CARTA DE UM FAZENDEIRO DA PEQUENA RÚSSIA A SEU AMIGO DE SÃO PETERSBURGO • MYKOLA KOSTOMÁROV

•

62   POSFÁCIO, CARTA DE UM TRADUTOR DA LÍNGUA RUSSA PARA SEUS LEITORES BRASILEIROS • DIEGO MOSCHKOVICH

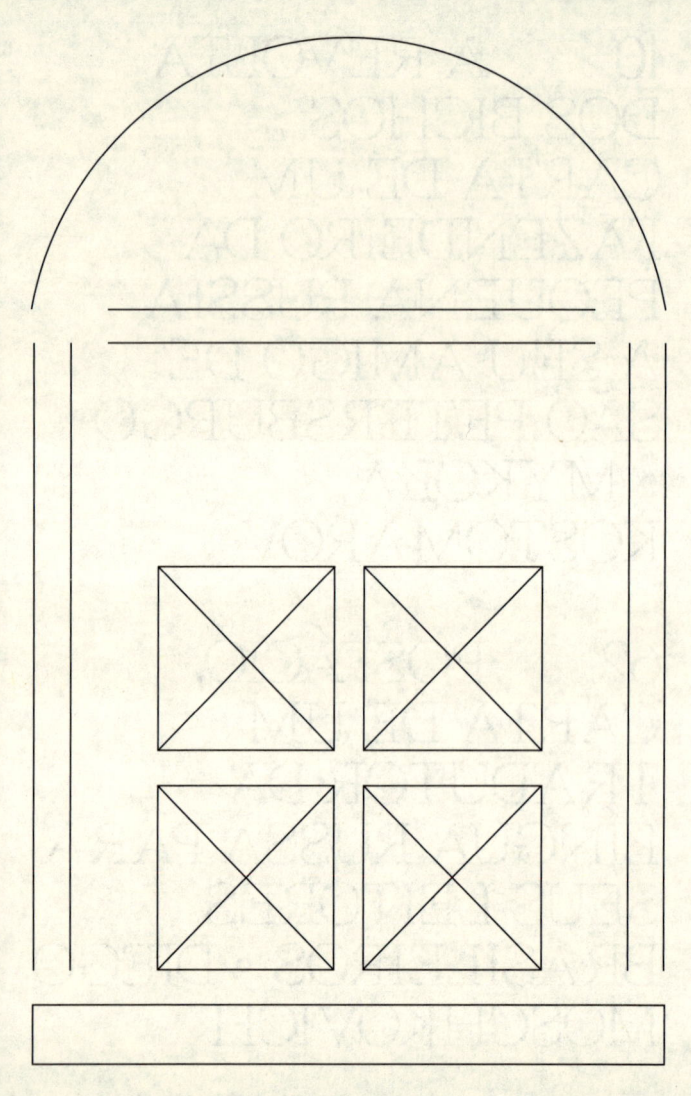

A REVOLTA
DOS BICHOS,

CARTA DE UM FAZENDEIRO DA PEQUENA RÚSSIA[1] A SEU AMIGO DE SÃO PETERSBURGO.

---

1   Pequena Rússia, ou Rússia Menor, era a antiga designação imperial do território que corresponde, hoje, à Ucrânia. O território russo, por sua vez, era chamado de Grande Rússia, ou Grã-Rússia. (N.T.)

Por aqui têm se passado coisas extraordinárias! Tão extraordinárias que, se eu não as tivesse visto com meus próprios olhos, não acreditaria se as escutasse de alguém ou se as lesse em algum lugar. Acontecimentos inacreditáveis. Revolta, levante, revolução!

Você há de pensar que se trata de alguma insubordinação de empregados ou de administradores contra seus patrões. E é. Mas é uma revolta não tanto de empregados, como de escravos — não humanos, mas do gado e dos animais domésticos. Nós nos acostumamos a considerar todos os animais como seres sem fala, e, por isso mesmo, irracionais. Do ponto de vista humano, isso parece muito lógico: se não podem falar — como fazemos entre nós — então não pensam e não possuem qualquer razão!

Mas será que é assim, mesmo? Nós não podemos nos comunicar com eles e por isso pensamos que são irracionais e que não falam, mas, na verdade — como vamos discutir tintim por tintim —, o fato é que nós não compreendemos a língua deles. Perceba que os cientistas já provaram que a palavra "alemão" na língua russa, *niémets*, significa "mudo", e que esse era o apelido dado pelos eslavos aos povos das tribos teutônicas, porque os próprios eslavos não entendiam a fala desses povos. É a mesmíssima coisa aqui.

Nos últimos tempos, a ciência começou a descobrir que os animais, que em nossa ignorância tomamos por mudos e irracionais, possuem sua maneira de transmitir suas impressões — sua própria língua, que não se parece com a nossa, humana. Sobre isso já se escreveu e muito. Nós que vivemos nos confins do interior não lemos essas obras, apenas ouvimos dizer que foram publicadas em algum lugar da Europa; no entanto, temos por aqui pessoas muito sábias que, melhor do que os cientistas europeus, souberam se inteirar das maneiras pelas quais os bichos expressam seus pensamentos.

Na nossa fazenda temos um desses sábios. Chama-se Omelko. Uma pessoa impressionante, vou te contar! Não leu um livro e sequer é alfabetizado, mas sabe à perfeição as línguas e dialetos de todos os animais domésticos: bois, cavalos, ovelhas, porcos e até mesmo a das galinhas e gansos! Agora, como é que ele conseguiu aprender isso tudo quando nem vocês, nem nós e nem ninguém possui gramáticas ou dicionários das línguas animais?

Omelko foi capaz de aprender tudo sem quaisquer manuais graças a suas capacidades extraordinárias, armado apenas de uma contínua e insistente observação dos gostos e do cotidiano dos bichos.

Vive entre os animais desde que usava fraldas, ou seja, há mais de quarenta anos. Aqui, na Pequena Rússia, esse tipo de gente abunda, mas ninguém foi capaz de atingir um terço dos conhecimentos que Omelko atingiu. Ele dominou a língua dos bichos de tal forma que basta apenas um boi mugir, uma ovelha balir ou um porco grunhir que Omelko já diz imediatamente o que o bicho queria dizer. Esse conhecedor da natureza animal — único de seu tipo — não concorda por nada com os que reconhecem as capacidades intelectuais dos bichos, mas as classificam num nível abaixo das humanas. Ele afirma que os animais demonstram uma inteligência igualável à humana e, às vezes, até mesmo superior. Quantas vezes o ouvi comentar a respeito disso: "Quando estiver na estrada à noite, não souber bem o caminho, se perder e não conseguir se encontrar, dê liberdade ao seu cavalo, ele mesmo vai conseguir encontrar o caminho e levará você para onde precisa ir".

A mesma coisa com o gado: colocam meninos para pastorear e eles começam a brincar ou cochilam em serviço e acabam perdendo os bois. Depois choram, os coitadinhos. Mas os bois, sozinhos, sem os pastores, acabam chegando em casa. Ou ainda, teve uma vez em que o sacristão, vindo da nossa paróquia, o que dá umas sete verstas[2], chegou e começou a falar da jumenta de Balaão[3], que, no caso, chamou de égua para ficar mais fácil para os ouvintes. Omelko, ao ouvir a pregação, disse: "Nada demais até aí, quer dizer que ele sabia a língua dos cavalos. Se fosse comigo, é possível que a égua falasse a mesma coisa". Para explicar o estranho acontecimento de que agora trataremos, Omelko nos privilegiou muito com sua experiência de anos com os bichos de diferentes espécies.

---

2   Versta, antiga medida russa equivalente a 1,067 km. (N.T.)

3   A jumenta de Balaão, episódio bíblico narrado em Números 22, 21:35 sobre uma jumenta que por três vezes salva seu dono de ser morto pelo Anjo do Senhor. (N.T.)

Ainda na primavera de 1879 começaram a aparecer por aqui alguns sinais de resistência e desobediência da parte de bichos de várias espécies. Surgiu um certo espírito de movimento revolucionário dirigido contra o poder humano, poder esse que está santificado por séculos e séculos, gerações e gerações.

Segundo Omelko, os primeiros sintomas desse movimento começaram a aparecer entre os bois que, desde tempos imemoriais, têm se caracterizado, em toda parte, por uma tendência à obstinação, razão pela qual somos frequentemente forçados a recorrer a medidas rigorosas, por vezes cruéis, para controlá-los. Tínhamos um touro e tanto em nossa herdade. Um daqueles que todos tinham medo de soltar no campo com o rebanho; ele era mantido sempre em um cercado trancado e, quando ia beber água, ia com correntes nas pernas e antolhos de madeira que não o deixavam ver nada no caminho à sua frente; caso contrário, o bicho era tão feroz que corria para qualquer pessoa que encontrasse e a erguia nos chifres por nada. Várias vezes pensei em matá-lo, mas todas as vezes Omelko salvou sua vida, assegurando-me de que esse touro tinha virtudes tão grandes e inerentes à sua natureza bovina que sua perda não seria facilmente substituída por algum outro novilho.

Por insistência de Omelko, decidi deixá-lo viver, mas com a condição de que se tomassem as medidas mais duras para garantir que esse touro não causasse danos irreparáveis a alguém. Às vezes, quando alguém o transportava, os meninos da aldeia, ao ouvir seu terrível mugido, mesmo de longe, fugiam correndo para todos os lados para não correr o risco de encontrar o feroz animal. Todos pensávamos que apenas a destreza do animal e a angústia de seu interminável cativeiro é que o tornavam tão feroz. Omelko, no entanto, guiado por seu conhecimento dos dialetos animais, percebeu que o mugido de nosso touro expressava algo muito mais preocupante: a agitação à rebelião e à desobediência.

Os bois, como diz Omelko, possuem certas qualidades que também podem ser encontradas em alguns indivíduos do irmão humano: têm uma paixão constante e indomável de excitar sem nenhum propósito, de fazer agitação pela mera agitação, da rebelião pela rebelião, da luta pela luta; a tranquilidade os aborrece, a ordem os deixa enjoados, querem que tudo ao seu redor seja estrondoso, que faça barulho; ao mesmo tempo, encantam-se com a consciência de que o que foi causado foi feito por eles mesmos, e por ninguém mais. Criaturas assim podem ser encontradas, como já dissemos, entre os homens também; e são encontradas entre o gado. Exatamente assim era o nosso touro, e deste grandíssimo agitador de todos os bichos é que veio o início da terrível rebelião sobre a qual lhe escrevo. Constantemente preso em seu curral em triste solidão, nosso touro mugia incessantemente, dia e noite, e Omelko, grande conhecedor da língua bovina, ouvia nesse mugir tais maldições endereçadas à raça humana, que o próprio Shakespeare não inventara para seu *Timão de Atenas*[4]; à noite, quando os outros bois e vacas se reuniam no curral, nosso touro se punha a conversar com seus irmãos chifrudos, e foi ali que conseguiu plantar entre seus companheiros de espécie as primeiras sementes

---

4   *Timão de Atenas* (1606), tragédia de Shakespeare considerada inacabada. Tem como protagonista o prodigioso mecenas Timão, que cai em desgraça e não encontra apoio em nenhum dos antigos amigos e mecenados. Tonando-se, assim, retrato da misantropia. (N.T.)

do criminoso livre-pensar. Omelko, por seu longo serviço, acabara de ser promovido ao posto de administrador-chefe de toda a seção pecuária, e precisava cuidar agora não apenas dos bois e vacas, mas também das ovelhas, cabras, cavalos e porcos. Não é preciso dizer que, no auge de sua dignidade ministerial, com suas numerosas e variadas ocupações, era impossível que ele desse conta de acompanhar frequentemente tais ultrajantes conversas. Assim, era dever dos funcionários menores tomar imediatamente as medidas preventivas iniciais.

Como Omelko estava profundamente familiarizado com a linguagem e os modos do gado, bastava que tivesse entrado no curral dos chifrudos duas ou três vezes, e teria reconhecido — a partir de alguns fatos dos quais se recordou mais tarde — o estopim da revolta, e de onde se tinha iniciado. Infelizmente, devo dizer que Omelko era extremamente manso e brando no sistema de administração e foi indulgente ao lidar com aquilo que — como as consequências mostraram — deveria ter sido tratado com os mais severos meios para erradicar o mal pela raiz. Mais de uma vez, ao entrar de surpresa no curral, Omelko se deparou com os vergonhosos desatinos do nosso touro.

No entanto, sempre os considerava delírios da juventude e fruto da inexperiência do animal. Os discursos proferidos pelo touro em seus comícios poderiam ser traduzidos na linguagem humana mais ou menos da seguinte forma:

— Boizada irmã, esposas-vacas e minhas irmãs vaquinhas! Respeitável gado, que merece melhor destino do que esse que carrega nas costas sem saber o porquê, esse destino que os entregou como escravos ao tirano-humano! Faz tempo, muito tempo que temos bebido do jarro sem fundo da calamidade: tanto tempo que sequer a nossa memória animal alcança!

"Aproveitando-se da superioridade de seu intelecto sobre o nosso, o covarde tirano nos escravizou como imbecis, a ponto de perdermos a dignidade dos seres vivos e nos tornarmos instrumentos desprovidos de pensamento para a satisfação de seus caprichos. Ordenham nossas mães e esposas, privando nossos bezerrinhos de leite. E o que não fazem com o leite de nossas vacas! Só que esse leite é propriedade nossa, não dos humanos! Que ordenhassem as suas próprias mulheres, mas não: obviamente seu leite não é tão saboroso como o leite de nossas vacas! Mas até aí, sem problemas.

Nós, bovinos, somos um povo de bom coração, e deixaríamos que nos ordenhassem sem problemas, caso nada de pior nos fosse feito. Mas não; vejam só para onde vão os pobres bezerros. Colocam os pobrezinhos numa carroça, amarrados pelas pernas e os levam embora! E para onde? Pobres bezerrinhos, arrancados das tetas das mães! O ávido tirano gosta mesmo é da carne deles, e gosta muito! Considera a melhor iguaria! E com nossos irmãos adultos, o que ele faz?

"Lá se vão os nossos irmãos, nobres bois, carregando em seu jugo uma pesada carga, arrastando arados e cavando a terra para ele: nosso tirano atira grãos à terra arada pelo trabalho de nossos irmãos-bois, e desses grãos nasce capim, um capim meio esbranquiçado que depois é transformado pelo tirano numa espécie de torrão, que é chamado de pão e devorado, pois deve ser muito saboroso.

"Mas deixe que um irmão chifrudo ouse ir ao campo, arado com seu próprio trabalho, para saborear esse delicioso capim branco! Ele imediatamente será expulso às chicotadas, ou mesmo a pauladas! A verdade é: a grama naquele campo é nossa propriedade, e não do humano, pois foram os nossos irmãos quem araram e abriram a terra;

sem isso, esse capim jamais teria dado assim no campo. Quem trabalha deve colher os frutos do próprio trabalho. Deveria ser assim: bem, nós é que fomos amarrados ao arado, e com o nosso trabalho aramos o campo. Pois que nos deem o capim que nasceu no campo, então! E, se o homem quiser para si o fruto do grão que jogou na terra, que fique com a metade, no máximo. Ele, ganancioso como é, toma tudo para si, e o que resta para nós é a paulada. Mas nossos irmãos bovinos são tão, mas tão bons de coração que poderiam concordar até mesmo com tais condições. Mas será esse o fim da crueldade de nosso tirano para com os bois adultos? Irmãos, alguma vez enquanto pastavam no campo viram um rebanho de gado ou de ovelhas sendo conduzido pela estrada principal? O rebanho vai, gordo, feliz, brincalhão, seguindo pela estrada! Óbvio que qualquer um pensaria: o tirano ficou com pena, arrependeu-se das atrocidades contra nossa espécie! Engordou nossos irmãos e agora lhes deu a liberdade! Não, não é bem assim. O rebanho tolo e brincalhão acha que foi liberto e que está sendo escoltado para a vastidão da estepe, mas ele logo descobrirá o que o espera! O tirano o alimentou durante todo o verão, e nossos irmãos puderam realmente pastar pela estepe no mais pleno gozo: sem trabalho, sem exaustão... mas para quê tudo isso? Por que o tirano se tornou tão misericordioso com o gado? Bem, aqui está a razão: perguntem a qualquer um para onde o rebanho está sendo levado e descobrirão que o malvado fazendeiro vendeu seu rebanho para um outro malfeitor da espécie humana, que o está levando para os grandes currais humanos que chamam de cidades. Assim que chegar lá, o pobre gado será mandado diretamente para o matadouro, e ali os bois mais velhos sofrerão o mesmo destino dos jovens bezerros, ou um ainda mais doloroso. E vocês sabem, irmãos, como é esse matadouro para onde eles os levarão? Corre até um frio em nossas veias bovinas só de imaginar o que é feito lá com o nosso irmão gado, naquele matadouro. Não sem razão, nossos irmãos mugem lamentos quando começam a se aproximar da cidade onde fica o matadouro. Lá, amarram o infeliz do boi a um poste e o malfeitor se aproxima com um machado. Golpeia a testa, bem entre os chifres; o boi urra de medo e de dor, empina sobre as patas traseiras e o vilão o golpeia outra vez; e ainda uma facada na garganta. Depois do primeiro boi vai o segundo, o terceiro e assim dez, cem bois serão abatidos. Lá, o sangue bovino corre pelo chão em rios, e, depois, começam a esfolar os mortos: cortam a carne em pedaços e a vendem em suas lojas. E os bois que chegam à cidade para morrer passam na frente dessas lojas e veem a carne de seus companheiros pendurada... O seu coração de boi sente que em instantes a mesma coisa vai acontecer a eles! Do nosso couro, o tirano faz sapatos para proteger seus malditos pés! Do nosso couro, também vêm os variados tipos de sacos que ele empilha com suas coisas e as carrega em uma carroça! A mesma carroça a qual prende nossos irmãos chifrudos! Do nosso couro, ainda, o homem corta estreitas tiras e com elas faz os chicotes! Do nosso couro! E depois nos espanca com esses chicotes, feitos de nossa própria pele! Até em si mesmos, às vezes, eles batem com os chicotes feitos do nosso couro! Tiranos sem coração! Mas não é apenas conosco que fazem isso tudo, não. Entre si não agem nem um pouco melhor! Um escraviza o outro, um rouba o outro, um atormenta o outro... Que maligna essa espécie humana! Não há nada de mais perverso no mundo. O homem é o mais perverso de todos os animais! E nós, gado simplório, caímos no cativeiro de uma fera tão bruta e sanguinária! Um cativeiro pesado e insuportável! Como não seria amargo nosso destino depois disso?

"Mas... de verdade... será que não há mesmo uma saída? Seríamos nós de fato tão fracos a ponto de jamais podermos nos libertar do cativeiro? Não temos nossos chifres? São por acaso poucos os casos em que nossos irmãos chifrudos, em rompantes da mais justa indignação, rasgam a barriga de nossos algozes? Não conhecemos casos em que um irmão chifrudo quebra, com uma patada, uma perna ou um braço de algum humano? Seríamos tão impotentes assim? Não, já que é exatamente essa potência que o malfeitor usa de nosso irmão chifrudo quando precisa carregar uma carga pesada, carga que ele mesmo não tem forças para levantar.

"Ou seja: nosso tirano sabe muito bem que temos muito mais força do que ele. O opressor só nos desafia quando não espera resistência de nossa parte. Quando vê que os nossos não se rendem a ele, chama imediatamente seus irmãos, e esses recorrem à sua astúcia contra nós. Às vezes, o rebanho não quer obedecer ao vaqueiro: ele quer nos levar para a direita, mas vamos à esquerda, então ele chama outros vaqueiros, que nos cercam de um lado, de outro, pela frente, e assustam os nossos irmãos, conseguindo levar a boiada para onde querem. Em sua insensatez, os nossos não percebem que, embora cercados de vaqueiros por todos os lados, estes estão sempre em muito menor quantidade do que o rebanho! Se não obedecessem aos vaqueiros, e se não os tivessem obedecido em primeiro lugar, teriam mantido seus chifres, e os vaqueiros não teriam levado a melhor sobre o rebanho! Os nossos, no entanto, não sabem o que fazer: suspiram e vão aonde são conduzidos. Esses suspiros, claro, são justificáveis: nossos irmãos querem é comer um pouco do saboroso capim dos pastos, e brincar um pouco com seus semelhantes, dar uma lutadinha de chifres para se divertir, esfregar-se um pouco nas árvores... Mas não temos permissão para sair e nos levam para um cercado, onde não há nada para mordiscar além de grama rala... Ou então, nos levam a um curral para comer feno. E tudo isso, meus irmãos, pelo fato de sermos obedientes ao homem e de termos medo de lhe mostrar nossa dignidade animalesca. É hora de parar de obedecer ao tirano, é hora de dizer, e não apenas mugindo, que queremos ser gado livre por todos os meios, e não mais seus covardes escravos!

"Ah, irmãos bois e irmãs vacas! Já chega de sermos tão jovens e imaturos! Chegou a hora! Já estamos amadurecidos, nos desenvolvemos, ficamos mais espertos! Chegou a hora de nos livrarmos dessa vil escravidão e de vingar todos os nossos antepassados, torturados pelo trabalho, famintos e desnutridos, caídos sob os golpes dos chicotes e sob o fardo do transporte, abatidos nos matadouros e despedaçados por nossos algozes. Vamos resistir como companheiros, como um só chifre!

"Nós, o gado chifrudo, não estamos sozinhos contra o homem: conosco marcharão cavalos, cabras, ovelhas e suínos! Todos os bichos domésticos escravizados pelo homem hão de se levantar em defesa da liberdade contra o tirano comum. Ponhamos fim a todas as nossas rixas, a todos os desentendimentos que as geraram! Lembremos a cada minuto que temos um único inimigo e opressor em comum!

"Conquistaremos a igualdade, a liberdade e a independência! Vamos recuperar a dignidade do gado vivo que foi violada, recuperaremos os tempos felizes em que ainda éramos livres e não nos sujeitávamos ao cruel poder do homem. Que tudo volte a ser como era nos felizes tempos de outrora: todos os campos, prados, pastagens, bosques e planícies: tudo será nosso, e em todos os lugares teremos o direito de pastar, empinar, lutar, brincar... Viveremos em total liberdade e em perfeito contentamento. Que vivam os bichos! Morte à humanidade!".

O ultrajante discurso do touro logo começou a surtir efeito. Depois, durante todo o verão, os bovinos espalharam suas ideias revolucionárias pelos currais, pastos e cercados. Começaram a fazer comícios nos sopés das montanhas, sob a cerca e sob os carvalhos. Todos falavam sobre como e de onde poderia começar uma revolta contra o homem. Muitos eram da opinião de que não havia nada mais fácil do que ir um a um, chifrando um vaqueiro de cada vez, até que todos fossem eliminados; os mais corajosos achavam melhor destruir de uma vez aquele que dava ordens a todos os vaqueiros — o próprio dono da fazenda. Mas os bois de carga, que viajavam para lá e para cá pelas estradas puxando carroças e tiveram assim a oportunidade de ampliar o horizonte de suas perspectivas com essas viagens, pensavam o seguinte: "Tudo bem, nós matamos o tirano. E daí? Vão encontrar outro para pôr em seu lugar. Se quisermos realizar o grande feito da libertação do gado, é necessário fazê-lo com firmeza e realizar uma transformação radical da sociedade bovina, elaborar em nossa mente de boi as bases sobre as quais nosso bem-estar seria estabelecido de uma vez por todas. E será que nós, gado chifrudo, podemos sozinhos organizar tudo para todos? Não! Não! Este não é um assunto exclusivo nosso, mas também das outras espécies de animais escravizadas pelo homem. Cavalos, cabras, ovelhas, porcos e talvez todas as aves domésticas, todos devem se levantar contra o tirano comum e, depois de derrubar a vil escravidão, realizar uma assembleia geral de todos os bichos para organizar uma nova união livre".

Assim, as ideias bovinas passaram para os cavalos que, em manada, costumavam pastar no mesmo campo que os bois e as vacas. E em sua comunidade equina adentrou dessa forma o espírito da revolta. De acordo com as informações relatadas por Omelko, a língua dos cavalos é bastante distinta da dos bovinos, mas a coabitação estabeleceu pontos de convergência entre as duas espécies. O conhecimento da linguagem bovina foi disseminado entre os cavalos, o da destes entre os bovinos. O papel que desempenhava o touro para a raça bovina, entre os cavalos era desempenhado pelos garanhões.

Os garanhões, por si sós, já eram um povo inquieto, fogoso e inclinado a todo tipo de insubordinação. Ou seja, por sua própria natureza, pode-se dizer, eram destinados ao papel de agitadores. Em minha herdade, havia um macho alazão entre a manada de cavalos, grande causador de problemas. Quando era conduzido a algum lugar, suas pernas misteriosamente se enroscavam, e dois vaqueiros o tinham de segurar pelas rédeas. Uma vez, tentaram prendê-lo e levá-lo pela estrada com uma carroça, mas o garanhão imediatamente se desviou e pulou com as patas dianteiras sobre o primeiro casebre que conseguiu, relinchando com toda força. Em outra ocasião, recebi convidados; ordenei que o garanhão fosse levado para a exposição junto de outros belíssimos cavalos; sem quê nem pra quê, ele mordeu dois dos cavalos castrados, acertou um coice no terceiro e, quando os cavalos começaram a coiceá-lo de volta, formou-se uma confusão tão grande que ordenei que o apartassem o mais rápido possível e o levassem embora.

Um arruaceiro! Mas, por mais que desse uns sopapos em seus irmãos às vezes, ele gozava de grande respeito entre os cavalos, e todos estavam prontos para obedecê-lo em tudo. Nos costumes da espécie dos cavalos, a violência não é considerada um mal, pelo contrário, dá direito a respeito e atenção: nem dar nem receber, como costumava ser com os variegues. E foi assim que esse alazão agitador de pelos acobreados começou a levantar os cavalos contra o domínio humano:

— Chega de suportar a tirania humana! — gritou. — Esse demônio bípede por muito tempo escravizou as criaturas quadrúpedes, nos mantendo por gerações e gerações no mais horrível cativeiro! E o que ele faz conosco? O tanto que abusa de nós! Ele nos sela, monta em nossas costas e nos atira para destruir seus próprios inimigos! Sabem o que chamam eles de cavalaria? Os cavalos levados para a tal "cavalaria" deles nos contam horrores sobre o que se passa com nossos irmãos por lá! É de deixar a crina em pé!

"Montam em nossos irmãos e nos jogam uns contra os outros! Na intenção de se matarem uns aos outros, acabam matando a nós! Seus duros e impiedosos corações não têm qualquer compaixão conosco! Quanto sangue equino já foi derramado! Que horrendos espetáculos! Um infeliz cavalo, já sem uma das pernas, corre atrás dos outros sangrando até perder todos os sentidos e cair; outro rasteja, amputadas duas pernas de uma vez, e em vão tenta equilibrar-se sobre as patas que restam; um terceiro ainda é perfurado no peito, e cai deitado desejando a morte, o quarto tem os olhos arrancados, o quinto a cabeça decepada... Pilhas de cadáveres equinos se somam às pilhas de cadáveres humanos!

"E por que isso? Saberíamos nós, pobres coitados, o porquê de eles brigarem entre si? Isso é problema deles, não nosso. Entram em desacordo, brigam e já saem se cortando uns aos outros. Nós, quando brigamos, é claro, mordemos, escoiceamos, mas os deixamos fora de nossas brigas. Porque é que eles, ao brigarem entre si, nos levam à morte feroz?

"Não perguntam se nós, cavalos, queremos ir à guerra com eles, mas nos selam, montam e simplesmente vão para a batalha; não pensam que talvez nossos irmãos não desejem morrer, ou que sequer sabem por que estão morrendo! E mesmo sem guerra, o tanto que o homem nos oprime, como nos xinga! Empilha todo tipo de coisas pesadas em suas carroças ou trenós, amarra nossos irmãos e os fazem puxar. Enquanto puxamos, nos bate impiedosamente com chicotadas nas costas, na cabeça e em toda a parte, sem a menor piedade, até nos matar! Alguns, por causa do fardo exorbitante, acabam quebrando as pernas. O tirano insensível nos deixa morrer e em seguida atrela outros cavalos à mesma tortura. Ah, irmãos! O homem é cruel, mas também é astuto: não se deixem enganar por sua astúcia. Finge que nos ama e nos elogia diante dos outros homens. Não acreditem nele. Não se deixem seduzir por ele parecer se importar com o aumento de nossa espécie, por reunir um rebanho de éguas, por trazer garanhões para elas... Ele faz isso para si mesmo, não para nós: ele quer que nossa espécie se reproduza e lhe traga ainda mais escravos. Alguns de nós ele deixa para procriar, mas outros, em número muito maior, são desfigurados barbaramente, privados da possibilidade de procriar e condenados ao eterno trabalho involuntário e a todos os tipos de tormentos. O déspota corrompe nossa nobre espécie e quer que tenhamos uma ordem social como a dos homens, em que alguns são abençoados e outros sofrem.

"Alguns de nossos irmãos são alimentados com aveia e feno até a saciedade; estes não definham no trabalho; se são amarrados ou selados, é por pouco tempo. Logo têm pena deles e os mandam descansar; ficam nos estábulos e comem aveia à vontade e, assim que são soltos para passear, brincam, galopam e se divertem; outros nem mesmo ficam nos estábulos e andam pelo campo com suas éguas em total liberdade. Uns outros, no entanto, sempre famintos, estão exaustos por causa da perseguição incessante e do transporte pesado, não esperando nenhuma recompensa por seu trabalho, exceto chicotadas!

"Irmãos! Por acaso não temos cascos e dentes? Por acaso não podemos dar coices e morder? Ou nos tornamos impotentes? Mas vejam com que frequência o tirano não paga por sua insolência quando ataca um cavalo zeloso que, em uma explosão de consciência de sua nobreza equestre, se rebate de tal modo que nem quatro dos inimigos o conseguem segurar! E se um desses déspotas arrogantes e insolentes ousar pular em seu lombo, será jogado ao chão, e, às vezes, até pisoteado, para ficar com uma dor que há de o incomodar por dias a fio!

"O déspota nos considera tão estúpidos e servis que não tem medo de nos entregar as armas que podemos usar contra eles mesmos! Inventou de martelar pregos em nossos cascos! Cavalos ferrados! Enfrentem o tirano com as armas que ele lhes deu: ataquem-no com suas ferraduras! E vocês, que não têm ferraduras, provem a ele que, mesmo sem elas, seus cascos são tão fortes e pesados que podem mostrar sua superioridade ao homem! Cavalos ferrados e não ferrados, unidos e com um só casco, enfrentem o inimigo feroz!

"Além dos cascos, usem os dentes. Vocês também podem causar muitos danos ao nosso escravizador! Venham e conquistem sua liberdade! Vocês terão a glória eterna de todas as futuras gerações de cavalos pelos séculos que virão. Não só a da espécie dos cavalos, mas também a dos outros animais: todos virão conosco, juntos! Toda a aveia semeada pelo homem será nossa, todo o capim. Ninguém se atreverá a nos expulsar do pasto, como se fazia antes. Não vão mais nos arrear, nem nos selar, nem nos conduzir com chicotes. Liberdade! Liberdade! Lutem, irmãos! Pela liberdade comum de todos os bichos, pela honra da tribo dos cavalos!".

Falas como essa deram origem a um relinchar ensurdecedor, a bufadas de revolta, a pateadas de casco estrondosas, empinadas no ar e de todos os sons habituais que acompanham as proezas equestres.

— Atacar o homem! Atacar o homem! Pegar o tirano feroz! Chicotear! Bater! Morder!

Gritos como esse eram ouvidos da manada por todo e qualquer um que entendesse a língua dos cavalos. Os bovinos ficaram encantados ao ver que a revolta que havia começado entre eles agora se espalhara entre os equinos. Os bois e as vacas balançavam corajosamente seus chifres e todos urravam, beligerantes. Chifrudos e cascudos formaram duas milícias e se puseram em direção à nossa mansão.

À direita do estábulo, em outra colina, separada por um barranco daquela onde pastavam os cavalos, ficavam as cabras e ovelhas. Estas, quando viram a confusão entre bovinos e equinos, também ficaram agitadas, e todo o rebanho começou a correr na direção dos bois e dos cavalos. Para fazer isso, precisavam pular o barranco, ou contorná-lo. O declive não era largo. As cabras, que se consideravam destinadas por natureza a andar à frente do rebanho, correram e pularam sobre o barranco com a conhecida vivacidade caprina, erguendo orgulhosamente a cabeça e sacudindo a barba, esperando como que a aprovação de sua esperteza. Depois delas, foi a vez dos bodes atravessarem, o que fizeram com a mesma facilidade. As ovelhas, no entanto, não eram tão habilidosas. Algumas, é verdade, até conseguiram imitar as cabras e pular para o outro lado do barranco, mas muitas caíram, e, presas no fundo do buraco, tentavam subir umas nas outras para alcançar o outro lado, balindo frustradas. Nada disso, no entanto, impediu que a retaguarda ovina quisesse manter o exemplo dos bodes e das cabras. Correram na direção indicada pela vanguarda, mas também caíram do barranco. As que haviam atravessado ficaram sem saber o que fazer, e começaram a se aglomerar, soltando alguns balidos tolos e democráticos.

Os carneiros corriam de um lado a outro, dando testadas.

Essa confusão entre as diferentes espécies foi vista pelos suínos, que passavam pelo lado oposto da estrada que levava do campo à vila. O espírito revolucionário, que provavelmente já havia penetrado na sociedade suína, imediatamente tomou conta deles também. Os javalis, rasgando o chão com suas presas, correram à frente do persigal e fizeram uma curva brusca ao longo da estrada, colocando-se na direção da mansão senhorial. Depois dos javalis, todo o rebanho de roncadores se pôs a correr ao longo da mesma estrada, levantando atrás de si tanta poeira que mesmo o sol não se pode mais ver.

Omelko, vendo a agitação entre a bicharada, correu pela estrada por onde avançavam os javalis e pensou em começar por eles a domar os rebeldes. Mas bastou ouvir os grunhidos para entender que os javalis estavam insuflando outros suínos a acompanharem a bicharada que se rebelava contra o insuportável poder humano.

Os ouvidos de Omelko então começaram a captar agitadas lembranças de javalis assados para o Natal, de cerdas arrancadas das costas de porcos vivos, de leitões esfaqueados e devorados em diferentes momentos. Um porco gordo grunhiu sobre os insultos que o homem inflige à raça suína, chamando de porco aquilo que considera sujo. Outro porco, que corria a seu lado, adicionou: "Isso não é nada. Pior é o fato do homem, mesmo desprezando os porcos e xingando nossas qualidades, cortar a gente para virar toucinho, fazer presuntos e salsichas com a nossa carne. Nossos tiranos gostam de nossa carne e da nossa gordura. Consideram um porco vivo pior do que qualquer outra criatura, e honram um porco abatido mais do que os outros, como se quisessem insultar nossa família de suínos". Assim grunhiam os suínos, correndo pela estrada até a mansão senhorial, despertando o ódio ao homem uns nos outros.

— Por onde começamos? — perguntavam-se uns aos outros quando já se encontravam perto da mansão senhorial.

— Nossa tarefa é cavar a terra! — responderam outros. — Vamos destruir a horta dos senhores, lá tem muitos legumes e verduras. Vamos cavar todos os canteiros. Depois entramos nos belos jardins de flores, as flores que esses gentis senhores arranjaram tão cuidadosamente para seu bel-prazer: vamos dar uma de espírito de porco e virar tudo de cabeça para baixo! Que os humanos lembrem por muito tempo que os porcos estiveram nesta horta e neste jardim!

Omelko, que correra ao lado dos porcos por vários minutos, ainda na esperança de deter o ataque e fazer a manada recuar, abandonou sua intenção depois que um javali ameaçou apunhalá-lo com as presas. Omelko, assim, deixou a estrada e fez a volta para chegar à mansão por um descampado que havia ao lado.

Assim que Omelko apareceu no pátio da mansão trazendo a notícia de uma revolta geral da bicharada, peguei meus dois filhos e fui até a torre da casa, onde puséramos um telescópio. A princípio, o persigal rebelde correndo à mansão me pareceu uma nuvem, mas depois suas hordas se tornaram mais e mais nítidas. Pelo telescópio, pude ver os cavalos correndo, às vezes dando coices, os bois empurrando suas cabeças com chifres para a frente. E uns e outros, ao que parecia, estavam se divertindo ao imaginar como nos chifrariam e nos dariam coices.

Tanto um como outro grupo já estavam perto da mansão. As ovelhas e cabras estavam paradas no barranco, pensando no que fazer, e conseguiam apenas balir e gritar. Ao correr para a torre da casa, olhei de relance para a janela que dava para a horta e vi que os suínos já tinham conseguido entrar por uma brecha onde a cerca estava danificada e ainda não fora consertada. Alguns já devastavam avidamente os canteiros de batatas, nabos, cenouras e de outros vegetais. Uns devoravam as raízes enquanto outros, à frente dos demais, já tinham invadido o canteiro de flores sob o muro da mansão, onde ficavam as janelas pelas quais eu olhava: vi os porcos insolentes arrancando as rosas, os lírios e as peônias do solo.

Corri para o quarto onde ficavam as armas, peguei uma para mim e uma para cada um de meus dois filhos. Armei também os criados todos, e saí para a varanda que dava para o portão do pátio. Ordenei que todos os portões e entradas que dessem acesso ao pátio pelo lado de fora fossem trancados. O ponto mais fraco era a horta, por onde os suínos já haviam entrado, e o maior perigo agora era que os outros animais também corressem para lá. Nossa última esperança, caso conseguissem tomar toda a horta, era que ainda tivéssemos o pátio da mansão em nosso poder, pois era impossível que o inimigo penetrasse ali, a não ser que primeiro destruísse a própria mansão senhoril, que ficava entre um espaço e outro.

Quando entrei para pegar as escopetas, ordenei a um servo que pegasse um dos cavalos e fosse até a capital, distante umas quinze verstas da nossa cidade, e pedisse ao governador que enviasse uma força militar para controlar a insurreição. Mas a medida falhou. Assim que o mensageiro subiu na montaria e saiu pelo portão, o cavalo o derrubou no chão e correu para se juntar aos outros amotinados.

Eu tinha vários cães. Às vezes saía para caçar. Eles, como era de se esperar, a julgar pela reputação que sua espécie tinha desenvolvido, não demonstravam qualquer inclinação a tomar parte do motim. Contávamos com eles. Mas precisamos dividi-los em dois batalhões: um seria mandado à horta, para, se possível, afugentar dali os suínos. Outro deveria ser colocado para guardar os portões do pátio e repelir bovinos e equinos, caso esses começassem a se apossar da entrada. A cerca ao redor do pátio era de alvenaria, porém não muito alta.

Os cavalos, erguendo-se sobre as patas traseiras, já haviam alcançado a borda da cerca com as patas dianteiras, e agora nos mostravam suas caras furiosas através dela, ainda que não conseguissem pulá-la.

Uma mulher veio correndo até mim na varanda com notícias frescas e aterrorizantes. Um novo motim começara, desta vez no aviário. Os primeiros a se levantar tinham sido os gansos. Não sei como o espírito de rebeldia — depois de haver tomado os quadrúpedes — atingira os aviários e galinheiros, mas os gansos, com seu sibilar ofídio, foram quem primeiro verbalizou a maliciosa intenção de morder a tratadora de aves. Essa, assim que entrou pelo portão do aviário, já ouviu o grasnado liberaloide dos patos, que voavam de um canto a outro com olhares atrevidos, como se quisessem dizer: "Não precisamos mais de humanos agora!" Atrás deles iam os perus, com as caudas abertas e altivas, reunindo consigo as peruas. Todos juntos, gritavam selvagemente, como se quisessem assustar qualquer um que passasse por perto.

Então, um grande galo cor-de-fogo carcarejou um sinal estridente e ultrajante, sendo seguido pelos outros galos, pelas galinhas e por todo o grupo dos frangos, que começou a voar, empoleirando-se nos postes do galinheiro ou voando perto do chão.

Omelko, ao checar o galinheiro, ouviu que as galinhas, ao criar a sua própria ala rebelde, ameaçavam bicar as pessoas como vingança por todas as galinhas e frangos já abatidos pelo cozinheiro e por todos os ovos que já haviam sido roubados das chocadeiras.

Quando recebemos essa notícia, não permanecemos por muito tempo na varanda. Percebi que havíamos assumido uma posição muito baixa, e que deveríamos seguir para outra, mais elevada. Olhando pelo pátio, entendi que o ponto mais alto das redondezas era a torre de madeira que também nos servia de pombal. Assim, saindo da varanda, nos pusemos na direção da torre, decididos a permanecer nas alturas até que os animais revoltosos nos tirassem de lá e nos destroçassem, ou até que algum acontecimento imprevisto nos salvasse da morte. Mas, no caminho para o pombal, encontramos algo inesperado: três gatos sentados no chão, um ao lado do outro. Dois eram os animais de estimação da casa. O outro, branco e robusto, com grandes manchas pretas nas costas e na barriga, era o favorito das criadas. Grande caçador, era famoso em toda a redondeza por suas vitórias contra grandes ratazanas.

Esse gato, que sempre fora carinhoso e amigável, sempre ronronando e se esfregando nos seres humanos, agora, sem quê nem para quê, sentado ali no pátio em meio a outros gatos, nos encarava com um olhar tão sinistro que parecia estar preparando o bote para arranhar nossos rostos com suas afiadas garras.

Os cães não demonstravam qualquer suspeita de traição, mas todos sabemos a fama que paira, desde há muito, sobre a espécie dos gatos.

Assim, parecia que esse nosso gato de estimação faria conosco, no minuto mais crítico de perigo frente a nossos inimigos, a mesma coisa que Mazepa fizera com Pedro, o Grande[5]. Congelamos imediatamente ao ver o grupo de gatos à nossa frente, mas meu filho mais novo, sem pensar muito, virou-se e assobiou para os cães. Apontando para os gatos, gritou: "Pega!" E os cães correram

---

5   Ivan Mazepa (1639–1709), general cossaco ucraniano conhecido por ter traído o imperador Pedro, o Grande (1672–1725), aliando-se às tropas suecas e polonesas. (N.T.)

na direção dos gatos, que fugiram de susto em direções diferentes. Pude ver que um gato gordo e malhado escalou um dos pilares que sustentavam a varanda da casa, virando a cabeça na direção do cachorro que o queria pegar, emitindo ao mesmo tempo os sons peculiares da natureza felina em momentos de raiva e irritação.

Chegamos ao pombal e começamos a subir a estreita escada. Imediatamente os pombos começaram a se lançar contra nós, como se nos quisessem estapear com as asas e dar bicadas. Começamos a espantá-los, suspeitando que esses pássaros, que acostumáramos a tomar por mansos e gentis, também tivessem sido tomados pelo espírito rebelde que já se apossara de todo o reino dos quadrúpedes e bípedes que serviam ao homem. Pareciam se lembrar dos amargos momentos em que nosso cozinheiro entrara no pombal com sua faca assassina, em busca de alguma carne para o prato principal.

Aí nas províncias grã-russas não se come pombo, e se houvesse uma tal revolta dos bichos contra o homem, vocês provavelmente estariam a salvo de qualquer perigo vindo dos pombos. Mesmo em nossa casa, durante os minutos que descrevo, a inimizade dos pombos para com os humanos não durou muito. Bastou meu caçula disparar um tiro de escopeta, e eles se dispersaram voando.

Dessa forma, ocupamos a altura do pombal sem maiores impedimentos e de lá pudemos olhar para a grande horda de bois e cavalos que se apossara da fazenda. Os mugidos, relinchos e balidos no pátio eram tantos e tão altos, que era impossível falar ou ouvir qualquer coisa.

Omelko, ao deixar o aviário, corria de um lado para o outro pelo pátio, sem direção: podíamos ver que ele, assim como todos nós, havia perdido a cabeça. Eu o chamei até o pombal e disse:

— Você é o único, aqui, que sabe a língua dos bichos, e que sabe como conversar com eles. Claro que não vou mandá-lo para fora do pátio, porque assim que colocar a cabeça pelo portão será chifrado por um boi ou mordido por uma égua, e depois eles vão atravessar os portões e aí estamos perdidos. Mas olha: você não poderia subir na cerca e tentar conversar com os revoltosos de lá? Tente!

Omelko saiu para cumprir sua missão. Nós, do pombal, acompanhávamos com atenção redobrada todos os seus movimentos, e vimos como ele colocou uma escada no muro e subiu até a beira, mas não pudemos ouvir em que língua falava com os revoltosos. Se mugia ou relinchava, não sabemos. Ouvíamos apenas por detrás do muro uma horrível barulheira, e vimos depois como Omelko, tendo descido do muro, vinha em nossa direção e acenava com as mãos, gesticulando como se faz quando se quer mostrar que não se teve sucesso.

— Nada, patrão! Não dá para fazer nada com esses bandidos! — disse ele, ao subir de volta para onde estávamos, no pombal. — Comecei a tentar conscientizá-los, disse que o próprio Deus os criou para que servissem ao homem, e o homem, para que lhes fosse o senhor e mestre! Mas todos gritaram em resposta: "Que Deus, o quê! São vocês quem tem essa coisa chamada Deus! Nós, bichos, não reconhecemos Deus nenhum! E vamos agora pegar vocês, tiranos e malfeitores, e lhes dar umas boas chifradas!", disseram os que possuíam chifre. "Vamos encher vocês de coices", falaram os cavalos. "Vamos morder vocês até arrancar pedaços!", gritaram, por fim, todos juntos.

— O que faremos agora, Omelko? — perguntei, numa inquietação que mal podia expressar.

— Resta uma saída — disse Omelko. — Dizer que liberamos a todos: bois, vacas e cavalos. Vão, vão para o campo, pastem como puderem, estão autorizados a comer tudo o que conseguirem, tudo o que estiver sendo semeado. Não os forçaremos a fazer nenhum trabalho, apenas vão! Dessa forma, ficarão felizes e vão se dispersar pelos campos. Com as ovelhas, suínos e aves nós damos um jeito, por aqui.

"Precisamos é nos livrar dos chifrudos e cascudos: eles são perigosos, pois são mais fortes! No campo, não ficarão satisfeitos por muito tempo: vão brigar entre si, começarão a encrencar uns com os outros. E mesmo que devastem os campos, não conseguirão devastar muita coisa: a maior parte do trigo já foi colhida. Sim, o resto será perdido, mas pelo menos nós estaremos sãos e salvos. Uma pena só o feno que já foi empilhado. Vão destruirão tudo, os bandidos!

"O próprio gado não saberá o que fazer consigo mesmo, e então poderemos encontrar alguma forma de colocá-los de novo sob nosso poder. No máximo, conseguirão ficar vagando pelos pastos até o frio chegar, e nada mais crescerá nos campos. Então, virão até nós. E o outono não está longe!".

Autorizei que Omelko fizesse o que pensara. Ele foi subir no muro novamente e nós ficamos observando seus movimentos com ainda mais atenção do que na primeira vez. Poucos minutos depois, toda a horda de gado que cercava o pátio correu para o campo com mugidos e relinchadas exultantes. Cavalos e bois pululavam, e era óbvio que estavam tomados de alegria.

Omelko desceu do muro, veio até nós, e disse:

— Nos livramos, graças ao Bom Deus! Conseguimos mandar embora os equinos e os bovinos! Envie agora todos os cachorros para atacar os suínos na horta, enquanto a criadagem se ocupa das aves. Depois, eu mesmo me encarrego de domar as cabras e ovelhas.

— Como foi que você conseguiu mandar embora os chifrudos e os cascudos? — perguntei para Omelko.

— Foi simples — explicou-me Omelko. — "O que vocês querem", perguntei, "digam logo, sem rodeios. Talvez possamos realizar a sua vontade."; "Liberdade! Liberdade!", gritaram em uma só voz os chifrudos e os cascudos. E eu disse: "Bom, então, vão lá! Vão para o campo, devorem todo o trigo que conseguirem com raiz e tudo. Não vamos mais necessitar de vocês para nenhum trabalho. Estão livres à própria vontade!" Assim que ouviram essas palavras, começaram a patear o chão, a urrar e gritar de alegria: "Estamos livres! Conquistamos nossa liberdade! Vamos passear livres! Conseguimos! Liberdade! Liberdade!" E assim, se puseram a correr.

— Parabéns Omelko! — eu disse. — Muita honra e louvor! Você nos salvou de uma tragédia.

Saímos então do pombal. Eu mandei juntar todos os cachorros e conduzi-los pela mansão até a horta, para que se juntassem ao batalhão que já estava lá para controlar os suínos. Os que estavam lá ainda não tinham conseguido grande sucesso, já que não eram muitos, até a chegada do restante dos cães, que haviam sido postos para guardar o pátio. Quando os cães chegaram à horta, entrei em casa e fiquei observando da janela que deixara aberta, com uma escopeta posicionada. Mirei num javali que estava destruindo um arbusto de lilás, tentando arrancá-lo pela raiz e deitá-lo por terra. A bala atravessou o animal de um lado a outro. Os suínos, assustados com o tiro que abateu seu guerreiro mais ousado, cercados por cães por todos os lados, deixaram o jardim de flores e correram para junto de seus companheiros que, no fundo da horta, devastavam as plantações de legumes e verduras. Os cães, no entanto, não os deixaram passar e não davam descanso: mordiam os porcos pelas ancas, enquanto outros iam pela frente e os agarravam pelas orelhas, arrastando-os sob os grunhidos inconformados de choro suíno. Na retaguarda dos cães, dois servos dispararam também dois tiros e mataram mais dois porcos, o que excitou os cães com mais fúria e prazer em sua missão.

Rapidamente a horta foi limpa de suínos e os cães passaram a persegui-los pela mesma estrada através da qual tinham levantado poeira quando, porcamente fervorosos e beligerantes, tinham corrido para atacar o local.

Fomos, então, ao aviário. Ali reinava a desordem completa. Tudo voava, pulava, rolava, arrastava, corria e gritava com toda a sorte de vozes: cacarejava, assobiava, piava, sussurrava, grasnava e cantava. Meu mais novo disparou um tiro de escopeta. Num primeiro momento, a sociedade aviária se agitou ainda mais com o barulho, mas em seguida, atordoada, se acalmou por um instante. Omelko aproveitou o momento e gritou:

— Por que gritam desse jeito? Digam o que querem! De que precisam? Faremos de tudo por vocês.

— Liberdade! Liberdade! — gritaram as aves em suas diferentes línguas.

— Liberdade! Liberdade! — disse Omelko, ao que parecia, imitando os pássaros. — Pois muito bem. Vamos lhes dar a liberdade. Gansos e patos! Olhem para seus irmãos selvagens e livres, olhem como voam alto! Vão voar com eles. Nós os liberamos. Não os vamos segurar! Vocês têm asas: voem!

— Como vamos voar, quando sequer temos força nas asas? — grasniam os gansos. — Nossos antepassados eram tão livres como os que hoje, selvagens, voam pelos céus. Mas vocês, tiranos, os meteram no cativeiro, e deles descendem nossos avós e pais. Nós já nascemos no cativeiro, e por esse mesmo cativeiro já não somos capazes de voar como voam os que permaneceram em liberdade.

— A culpa não é nossa — disse Omelko. — Pensem por si mesmos, com suas mentes de gansos e patos. Fomos nós que os levamos para o cativeiro? Fomos nós que fizemos algo para que vocês não voassem alto? Vocês foram chocados e, desde os primeiros dias até hoje não sabem voar. Seus avós e pais, que viveram aqui conosco, também não voavam como os patos e gansos selvagens. Sua espécie há muito se tornou submissa ao homem, e há tanto tempo que não são só vocês, com sua memória anserina, que não conseguem se lembrar. Nós também, com nossa memória humana, não sabemos dizer há quanto tempo isso aconteceu. Aqueles que um dia prenderam os seus antepassados e os colocaram no cativeiro já não habitam este mundo há muito tempo. Nós, que agora o habitamos, que culpa temos do fato de vocês não saberem voar? Nós lhes estamos dando a liberdade! Voem! Se não sabem fazê-lo, não joguem a culpa para cima de nós.

Os gansos responderam:

— Não temos como. Permaneceremos aqui, com vocês. Só pedimos que não nos matem. Queremos viver.

Seguindo os gansos, gracitaram os patos mais ou menos a mesma coisa.

Omelko respondeu:

— Vocês dizem que querem viver. Bem, acho que também gostariam de comer, não? Como querem que os alimentemos, sendo que não nos serão úteis de forma alguma? Não, não. Assim não dá. Voem então, se não quiserem que os abatamos. Voem para a liberdade. Não os manteremos à força. Mas já que desejam ficar e ainda receber a nossa ração, então, por favor, que nos sirvam para algo. Nós os alimentamos, e por isso os abatemos. Nós também queremos que vocês nos alimentem e por isso os alimentamos. Qual o problema, se um dia ou outro, nosso cozinheiro pegar um de seus irmãos para guarnição? Não serão todos de uma vez! Seria pior se estivessem em liberdade e fossem atacados por algum predador ou pássaro selvagem. Seriam abatidos todos de uma só vez. Por aqui, vai acontecer assim: de vez em quando, o cozinheiro vem e pega uns dois, três gansinhos ou patinhos para o abate. Em troca, vocês ficam vivendo aqui conosco, felizes e contentes. Sozinhos, em liberdade, vocês nunca viveriam como vivem aqui conosco. Tentem, voem lá, vivam em liberdade!

— Voar para onde, se não temos força nas asas? — repetiram os gansos. A mesma coisa disseram os patos, com seu grasnado.

— Bem, então vivam em paz e não se revoltem! — disse convincentemente Omelko, voltando-se depois para as galinhas com a seguinte fala:

— E vocês, galinhas-bobinhas! Também querem a liberdade? Voem vocês também, vão, rápido, voem o mais alto que puderem, vão passear pelo céu. Idiotas, vocês não sobem a duas braças do chão! Os furões, gatos, andorinhas e águias comerão vocês, os gaviões devorarão seus pintinhos, e as gralhas e corvos não deixarão que choquem seus ovinhos! Idiotas, idiotas com "i" maiúsculo! Vocês, mais do que todas as aves do mundo, não podem viver sem o irmão homem. Aceitem, suas tontas, e se resignem; o nosso fardo é esse: proteger e alimentar vocês. Para isso, precisamos abatê-las e pegar seus ovos.

As galinhas, então, passaram a um cacarejo submisso. Os galos cantaram alegres, e Omelko nos explicou que estavam reconhecendo a justeza de nossas insistências, e prometendo ser perfeitamente obedientes dali em diante.

Parecia que todas as aves tinham se acalmado e ficado satisfeitas. Apenas os perus, como de costume, reclamavam de seu miserável e inevitável destino.

Omelko foi então ter com as ovelhas e cabras. As ovelhas que tinham conseguido atravessar o barranco estavam paradas todas juntas, num montinho, e não se moviam. Olhavam para suas irmãs que haviam caído. As pobres se debatiam no fundo do buraco e não sabiam como subir de volta por suas altas paredes. Ainda que pudessem ter saído dando a volta através de um buraco estreito e longo, as ovelhas não eram tão espertas. As cabras, que estavam à frente, começaram a patear o solo assim que viram Omelko vindo, e, tentando mostrar dignidade diante dele, levantaram suas cabeças barbadas e inclinaram os chifres, como se dissessem: "Para trás! Vamos chifrá-lo!".

Mas Omelko, depois de encontrar um grande pedaço de pau, lhes deu umas pancadas nas laterais, o que as afastou. Em seguida, chamou os pastores e ordenou que resgatassem as ovelhas caídas do fundo do barranco e que as levassem de volta para o aprisco.

— Olhem para mim! — gritou para as ovelhas. — Pensem em se rebelar de novo e estarão em apuros! Vamos abater os agitadores para fazer banha! Idiotas! Olha lá, elas também querem sua liberdade! Tolas: teriam sido todas comidas pelos lobos se nós, homens, as tivéssemos posto em liberdade! Tratem de nos agradecer por sermos tão misericordiosos, nós as perdoamos por sua estupidez!

As ovelhas baliram um som de agradecimento, como requisitara Omelko.

O rebanho de bois e a manada de cavalos, que tinham primeiro recebido de Omelko a autorização para a liberdade completa, agora corriam pelos campos, entregavam-se ali a um prazer frenético, galopavam, pulavam, corriam, mugiam, bufavam, relinchavam e, em sinal de prazer mútuo, empinavam sobre as patas traseiras e abraçavam-se com as dianteiras.

Era já final de agosto. Os campos haviam sido ceifados e o feno, compactado. O trigo já tinha sido quase todo colhido e empilhado nos galpões. Faltava apenas alguns dízimos de trigo do tipo que se colhe depois de todo o resto. O gado atacou o campo de trigo sarraceno e o pisoteou de forma que não restou uma muda sequer. Em seguida, partiram em busca de mais um pasto que não tivesse sido colhido, encontraram mais um e fizeram a mesma coisa. Mas eis que se rompeu o acordo entre os chifrudos e os cascudos — o acordo feito há não muito tempo acerca da ajuda mútua entre as duas espécies para conseguir a liberdade. Não sei, particularmente, por que começaram a desacordar entre si, mas sei que os bois começaram a chifrar os cavalos e os cavalos a coicear os bois: uns como outros se separaram e foram para lados opostos. Depois disso, dentro dos próprios rebanhos começou uma divisão interna.

Provavelmente, a razão para isso foi a briga entre os machos pelas fêmeas. Assim como acontece em nossa sociedade humana, a briga pela conquista do belo sexo se torna frequentemente o motivo da quebra do acordo e da amizade, levando a acontecimentos trágicos.

Tanto o rebanho bovino quando a manada equina se dividiram em pequenos grupos que, dispersos do todo, seguiam para longe de seus antigos companheiros. Omelko tinha estudado os hábitos dos bichos de maneira espetacular e contava com essa propriedade de seu caráter quando os libertou; depois, começou a seguir os libertos. Ele foi encontrando separadamente os bandos de bois e de cavalos errantes e, com a sua lábia, convencia-os a voltar para a fazenda.

Omelko os encantou com promessas de dar muito feno e, para os cavalos, também aveia. Outros, rompidos com o todo, haviam invadido os campos de outros fazendeiros, estragado o trigo alheio, e assim acabaram caindo em cativeiro alheio. Omelko, ao saber de tal destino, comprou-os dos vizinhos, pagando pelas perdas causadas nas colheitas, e os trouxe de volta à nossa fazenda.

Por fim, como previra Omelko, os bichos mais obstinados e teimosos vagaram pelos campos até o fim do outono, quando não havia mais raízes e começou a cair a neve. No outono passado, creio que por aí também, a neve veio antes do que de costume. Os animais, então, vendo que já não havia mais comida nos campos, ficaram sóbrios das ilusões da vã esperança da liberdade e, voluntariamente, começaram a voltar para seus currais. Voltaram, também de cabeça baixa, os principais agitadores:

o touro que levantara o gado e o alazão, que agitara a revolta entre os cavalos. Ambos tiveram uma punição cruel: ao touro, seguindo a sentença proferida por Omelko e confirmada por mim, foi aplicada a pena capital por espancamento a pauladas, enquanto o garanhão foi privado de suas capacidades de procriar e amarrado numa carroça para transportar cargas pesadas. Os outros, segundo a investigação justa e imparcial conduzida por Omelko, foram punidos de acordo com o grau de seu envolvimento.

Assim terminou a revolta dos bichos por aqui, um fenômeno incomum, peculiar e, até onde sabemos, nunca dantes ouvido. Com o começo do inverno tudo se acalmou, e apenas a primavera mostrará o que vem a seguir. Não temos como ter certeza de que as maravilhas que aconteceram aqui não aconteçam de novo no próximo verão ou mesmo em algum momento dos anos por vir. Mesmo assim, o prudente e vigilante Omelko tem tomado as medidas mais ativas para garantir que não aconteça novamente aqui entre nós.

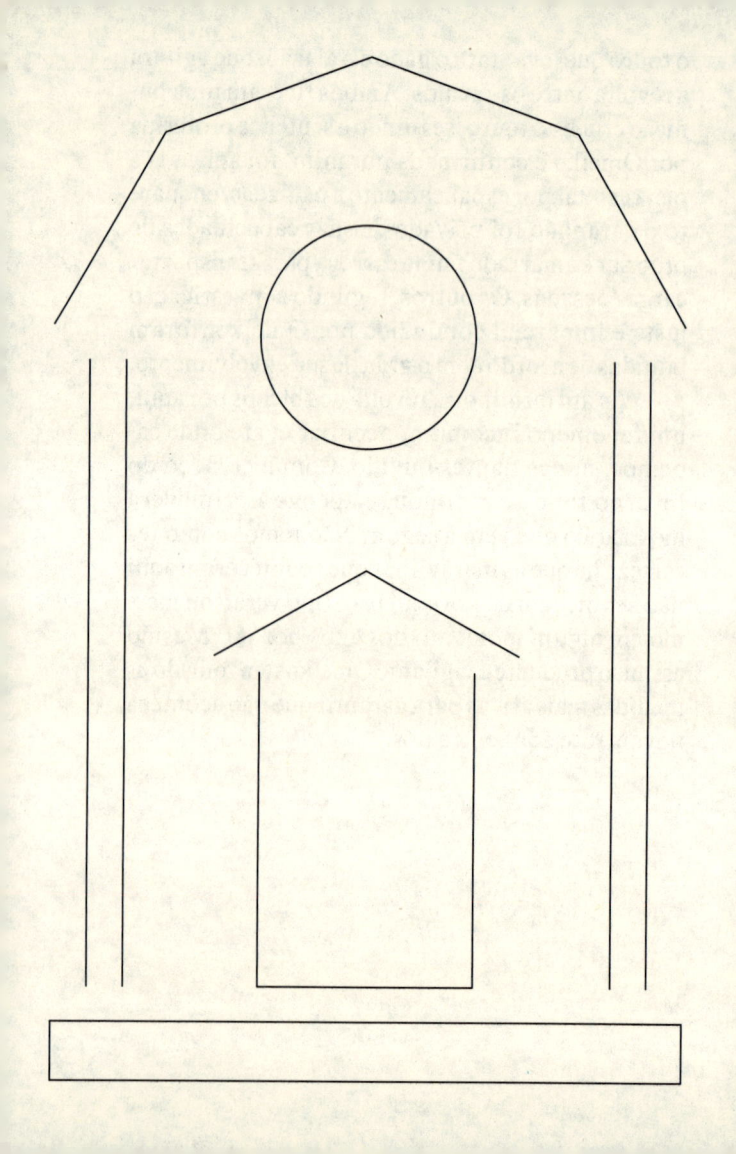

POSFÁCIO

CARTA DE UM TRADUTOR DA LÍNGUA RUSSA PARA SEUS LEITORES BRASILEIROS

DIEGO MOSCHKOVICH[1]

---

1   Diego Moschkovich, diretor, pedagogo teatral e tradutor, é formado em Artes Cênicas pela Academia Estatal de Artes Cênicas de São Petersburgo (LGITMiK) e mestre em Letras pela USP.

Leitor,

Eu espero que a leitura deste pequeno conto de Mykola (ou, em russo, Nikolai) Kostomárov tenha corrido bem, sem tropeços. É, afinal, uma história curta e possui um enredo bem conhecido, graças a uma outra narrativa, muito mais famosa, que fala não sobre uma revolta, mas sim sobre uma revolução de bichos.

O editor russo da primeira publicação pós-soviética deste conto, Vitáli Tretiakóv, afirma que muito dificilmente George Orwell tenha tido algum contato direto com a obra de Kostomárov antes de escrever *A revolução dos bichos* (*Animal farm*, 1945). E parece realmente improvável, uma vez que ele não falava russo e nunca foi à Rússia, por onde a obra circulou muito brevemente, como veremos. No entanto, Tretiakóv levanta a hipótese de que o escritor britânico possa ter tomado conhecimento do enredo através de algum de seus conhecidos, emigrados russos que abundavam pela Inglaterra de então. Existe, ainda, outra obra que possui uma provável conexão com o conto que lemos aqui: é *A revolta* (*Bunt*, 1924), último livro do escritor polonês Władysław Reymont, cujo enredo também gira em torno de uma revolta de animais.

Assim, num primeiro momento, pode parecer que uma fábula sobre animais de criação que se rebelam contra seus amos humanos não tem nada de muito extraordinário. Não apenas, como já disse, ouvimos essa trama ao longo do século XX, entre os próprios seres humanos, algumas tentativas de realizar o projeto do levante dos oprimidos contra a tirania. Assim, é difícil que esse enredo seja lido como novidade. No entanto, se olharmos para a história de sua publicação, também veremos que o conto jamais foi lido como algo novo.

A primeira publicação de *A revolta dos bichos* (*Skotskói bunt*, em russo) aconteceu em agosto-setembro de 1917, na *Niva* (*O campo*), uma revista literária fundada no século XIX e que ainda circulava no Império Russo durante as primeiras décadas do século XX. O corpo editorial da revista, assim como toda a sociedade ilustrada ligada ao império, temia o desenrolar da série de greves, ocorridas durante o mês de julho, em uma revolução, desta vez liderada pela facção bolchevique, que encabeçara a resistência à brutal repressão policial no mês anterior. Assim, publica-se no mês de agosto a pequena epístola de Kostomárov (na época já falecido há mais de 30 anos, diga-se de passagem), mais ou menos como uma advertência sobre as consequências de uma revolução levada a cabo pelo operariado.

O texto, por incrível que pareça, era inédito e não fora incluído em nenhuma das coletâneas das obras do autor, que escrevera muito e gozava, então, da fama de ser um dos mais famosos historiadores do Império Russo. Assim, os editores incluem junto à publicação uma nota, dizendo se tratar de um novo texto descoberto nos arquivos do falecido. No entanto, ele não recebe muita atenção, em face dos eventos que se desenvolviam rapidamente entre agosto e outubro e que culminariam na tomada de poder pelos sovietes em novembro. É só após 70 anos que o texto vem à luz de novo, desta vez num esforço do já citado crítico literário e pesquisador Tretiakóv. Ele publica, em 1988, no jornal *Moskóvskie vêdomosti* (*Notícias de Moscou*), um artigo intitulado "George Orwell ou Nikolai Kostomárov?", no qual comparava diferentes aspectos das duas narrativas. Apesar de trazer alguma atenção para o conto, este não é publicado por seu conteúdo aparentemente anticomunista. É apenas em 1991, depois do fim da URSS, que surge uma versão impressa, mais uma vez no auge da crítica a qualquer coisa que pudesse parecer soviética. Curiosamente, em 1917 a narrativa fora publicada como uma advertência histérica. Em 1991, saía como um "eu avisei"...

De fato, depois da história de vitórias e derrotas das revoluções dos séculos XX e XXI, parece um pouco frustrante e mesmo reacionário o conto de Kostomárov, onde não apenas fracassa a tomada do poder, como o domínio do tirano-homem é reforçado ao final, através das penas cruéis aplicadas aos líderes da revolta. No entanto, basta um olhar mais atento para a estrutura de *A revolta dos bichos* e para seu autor para que possamos classificar a conclusão dos editores, tanto de 1917, quanto de 1991, como um pouco precipitada.

Mykola Kostomárov nasceu em 1817, filho de um proprietário de terras russo e de uma camponesa ucraniana, serva de seu pai. Como ambos não eram casados, Mykola pertencia à casta da mãe, ou seja, a dos servos da gleba. Ainda que tivesse prometido cuidar do filho como um agregado e preocupar-se com sua educação, o pai — conhecido pela crueldade com que tratava seus trabalhadores — foi morto por seus próprios servos em 1828. Como não havia laços legais entre seus pais, Mykola terminou sem herança, e a mãe tratou de procurar diferentes maneiras de dar ao filho uma mínima educação. Kostomárov, já na década de 1830, termina o curso de história da universidade de Kherson e, por influência de um dos professores, Mikhail Lúnin, começa a desenvolver um olhar para a história que conflitava com as doutrinas oficialescas e em voga no então Império Russo.

Para Kostomárov, era necessário incluir os camponeses e as massas populares na história, e não se limitar somente aos figurões do império. São essas ideias que o levam a se tornar, ao longo do século XIX, um dos mais renomados especialistas acerca da história de diferentes revoltas camponesas contra o poder imperial russo. Ainda em Kiev, participa da Irmandade dos Santos Cirilo e Metódio, um círculo propagandístico formado por independentistas ucranianos que advogavam por uma federação de povos eslavos, ao invés de um império sob a hegemonia dos grão-russos, o que lhe custa um ano na prisão e, em seguida, o exílio forçado.

Conceitualmente, apesar de influenciado por teorias românticas, para as quais a história de um povo possuía uma finalidade e uma tarefa central a ser desenvolvida, Kostomárov distingue-se dos demais pensadores do Império Russo de seu tempo ao negar o *pan-eslavismo,* ou seja, a ideia de que todos os eslavos constituiriam uma só comunidade espiritual e cultural, e que, portanto, deveriam ser governados por um único soberano, a quem caberia realizar a tarefa histórica conferida a eles. Ao contrário, o historiador afirmava que, embora possuíssem origens históricas comuns, tratava-se de povos diferentes, que podiam ser divididos basicamente em seis grupos, originados de diferentes tribos eslavas: os russos austrais (aqueles que viviam na Pequena-Rússia, isto é, a atual Ucrânia), os russos meridionais, os grão-russos, bielorrussos, os russos de Pskov e os de Novgorod. Para Kostomárov, a diferença principal entre os grupos seria sua disposição para o estabelecimento de relações com o Estado. Os grão-russos, assim, seriam mais inclinados à delegação dos poderes estatais a um estado único e forte sob a égide do imperador, enquanto os eslavos do sul estariam mais aptos a desenvolver as relações de representação direta sob a forma de repúblicas comunitárias.

Politicamente, essa elaboração o aproxima das teorias federalistas que advogavam pela independência da Ucrânia, e Kostomárov, depois de se tornar professor na Universidade de São Petersburgo, em 1869, passa a ser um dos maiores propagandistas legais das ideias inspiradas pelos grupos "populistas", que pregavam a volta ao campo e o trabalho de ilustração das massas camponesas como forma de organização contra o tsarismo. Além de diversas obras em que utiliza material coletado em campo e em diferentes arquivos para construir narrativas romântico-populares dos diversos povos eslavos que compunham o Império Russo, seu *magnum opus*, *A História russa na descrição da vida de seus personagens mais importantes* (*Rússkaia istória v jizneopisánie ieió glavneichikh deiátelei*, 1873-1885) tornou-se um clássico do período final tsarista, por misturar as descrições das vidas dos homens notáveis canônicos do império russo com as descrições de revoltas populares e da luta pela libertação dos servos da gleba. Kostomárov faleceu em 1885, na então capital, São Petersburgo.

O que é mais curioso, no entanto, é que se trata não apenas de um escritor importante a seu tempo, como também de um pesquisador muito citado no âmbito da historiografia das ideias eslavas. E, mesmo assim, em nenhuma das biografias ou análises de seus trabalhos é mencionado, uma vez sequer, o texto *A revolta dos bichos*.

É nesse sentido que, como penso, o conto aqui publicado precisa ser lido num contexto maior, para que seja entendido não apenas como uma peça de propaganda da ordem dinástico-militar tsarista. Em primeiro lugar, não sabemos se Kostomárov tinha a intenção de publicar o conto e, em segundo, sequer sabemos (pois os editores das duas únicas edições em russo não se preocuparam em dizê-lo) se se trata de um material acabado. Suspeito que não, por alguns motivos.

Em primeiro lugar, os personagens principais — o touro e o alazão — são chamados de *agitadores* pelo fazendeiro-narrador. Sua agitação e seus belos discursos acerca da justiça social são capazes de levantar as multidões de animais da fazenda e mesmo de disparar um ataque (para o autor, espontâneo) à casa senhorial. Mas rapidamente o ataque é contido pela astúcia do servo Omelko, que aparentemente conhece os animais melhor do que eles mesmos. Quando o fazendeiro-narrador descreve a assembleia de gado que decide pelo levante, no entanto, há uma linha de argumentação que aparece e que depois não é desenvolvida.

Nessa assembleia, vemos como o discurso do touro agitador vence uma outra proposta, a dos bois de carga. Muito viajados, tendo visto já em diferentes paragens diferentes aspectos da exploração animal, esses bois se pronunciam com um projeto alternativo: seria preciso criar uma organização animal, órgãos efetivos de administração autônoma da fazenda e, apenas então, organizar a tomada do poder. Em outras palavras, os bois de carga advertem sobre a necessidade de um projeto, algo que pôr no lugar do esquema cruel da administração humana. Esse projeto é vencido em assembleia, e o gado passa ao levante que, como vimos, termina em tragédia.

Essa linha, desenvolvida por Kostomárov em apenas algumas frases (o que leva à suspeita de que se trata de uma obra inacabada), faz sentido especial se consideramos seu envolvimento com as organizações ligadas ao partido *Vontade do povo* (*Naródnaia Vólia*). Esse partido, além de pregar o movimento de "ida ao povo" da *intelligentsia* russa, também possuía um setor armado que pretendia derrubar o regime tsarista pela força. Para isso, adotava-se a tática do terrorismo: pretendia-se que o assassinato de diversos "homens notáveis" da dominação feudal terminasse por levantar, junto com o movimento cultural de ilustração, as camadas camponesas da sociedade para uma revolução social. Levando em conta que *A revolta dos bichos* data aproximadamente de 1879–1880, a atenção ao episódio da assembleia dos bois permite entender o texto não como uma advertência ao movimento revolucionário em si, mas como uma fábula crítica à tática adotada pelo *Vontade do Povo*, escrita na melhor tradição dos fabulistas russos dos séculos XVIII e XIX.[2]

Outro aspecto que permite tratar a obra como inacabada é o seu parágrafo final. É verdade, a revolta dos bichos, espontânea e liderada pelos agitadores, tem um fim trágico pela falta de um projeto coletivo de sociedade. O resultado da falta de projeto e de organização é a derrota e a punição dos líderes do levante. Mas Kostomárov faz questão de colocar na pena de seu fazendeiro que as coisas se acalmaram "pelo menos por enquanto", e que é preciso, a partir de agora, tomar as medidas necessárias para que

---

2   Vale lembrar que o partido atinge, em grande parte, seu objetivo ao assassinar o tsar Alexandre II, num atentado a bomba, em 1881.

a ordem possa ser mantida. Ou seja: Kostomárov admite, sob a pena de seu fazendeiro-narrador, que a revolta não terminou, uma vez que os motivos que a geraram continuam válidos. Mais ainda, o fazendeiro admite que é possível aprender com a história da revolta fracassada, e utilizar o período do inverno para a organização. Esse final, assim, fornece duas chaves de leitura da obra: uma utópica e outra, distópica. Reymont e Orwell — independente de terem lido a obra de Kostomárov — optam pela segunda, começando suas obras no momento em que *A revolta dos bichos* termina. Mas a obra é aberta. Dessa forma, gostaria de terminar minha carta para você, leitor, com a pergunta: quais outros fins poderíamos imaginar?

Diego Moschkovich
BUENOS AIRES, FEVEREIRO DE 2024.

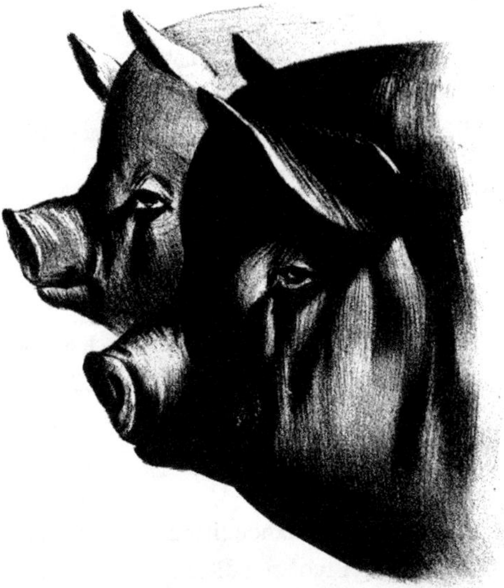

Dados Internacionais de Catalogação na Publicação (CIP)
(Câmara Brasileira do Livro, SP, Brasil)

Kostomárov, Mykola, 1817-1885
    A revolta dos bichos / Mykola Kostomárov;
    tradução e posfácio Diego Moschkovich. --
1. ed. -- São Paulo: Ercolano, 2024.

    Título original: Skotskói bunt.
    ISBN 978-65-85960-05-2

    1. Ficção russa I. Moschkovich, Diego.
II. Título.

24-199001   CDD-891.73

Índices para catálogo sistemático:
1. Ficção: Literatura russa 891.73
Aline Graziele Benitez - Bibliotecária - CRB-1/3129

ERCOLANO

Editora Ercolano Ltda.
www.ercolano.com.br
Instagram: @ercolanoeditora
Facebook: @Ercolanoeditora

Este livro foi editado em 2024 na cidade de São Paulo pela Editora Ercolano, com as famílias tipográficas Bradford LL e Wremena, em papel Pólen Bold 70g/m² na Gráfica Leograf.